VENTE DES 11 ET 12 NOVEMBRE 1909

COLLECTION A. DE R.

# EX-LIBRIS FRANÇAIS HÉRALDIQUES

DES

XVII^e ET XVIII^e SIÈCLES

PREMIÈRE PARTIE

PARIS
EM. PAUL ET FILS ET GUILLEMIN
Libraires de la Bibliothèque Nationale
28, RUE DES BONS-ENFANTS, 28

N° 14 du Catalogue.

COLLECTION A. de R.

# EX-LIBRIS FRANÇAIS

PREMIÈRE PARTIE

# LA VENTE AURA LIEU

**Les Jeudi 11 et Vendredi 12 Novembre 1909**

A DEUX HEURES PRÉCISES DU SOIR

**Dans les Salles de Ventes aux Enchères**

**DE LA LIBRAIRIE ÉM. PAUL ET FILS ET GUILLEMIN**

**28, rue des Bons-Enfants, 28** (Anciennes Maisons Silvestre et Labitte)

SALLE N° 1

Par le ministère de **M[e] ANDRÉ DESVOUGES**, Commissaire-Priseur

26, RUE DE LA GRANGE-BATELIÈRE, 26

Assisté de **MM. ÉM. PAUL ET FILS ET GUILLEMIN, Libraires-Experts**

28, RUE DES BONS-ENFANTS, 28

---

**EXPOSITION PARTICULIÈRE**

*Les Mardi 9 et Mercredi 10 Novembre 1909*

28, RUE DES BONS-ENFANTS, 28

*De 3 heures à 5 heures*

---

# ORDRE DES VACATIONS

| | | Numéros |
|---|---|---|
| PREMIÈRE VACATION. — | *Jeudi 11 Novembre 1909*......... | 220 à 437 |
| DEUXIÈME VACATION. — | *Vendredi 12* — — ..... | 1 à 219 |

---

# CONDITIONS DE LA VENTE

La vente se fait expressément au comptant.

Les acquéreurs paieront 10 pour cent en sus des enchères.

---

**Les Experts chargés de la vente rempliront, aux conditions d'usage, les commissions des personnes qui ne pourraient y assister.**

COLLECTION A. de R.

# EX-LIBRIS FRANÇAIS

## HÉRALDIQUES

## DES XVII$^e$ ET XVIII$^e$ SIÈCLES

PREMIÈRE PARTIE

N° 268 du Catalogue.

PARIS
EM. PAUL ET FILS ET GUILLEMIN
Libraires de la Bibliothèque Nationale
28, rue des Bons-Enfants, 28

1909

N° 51 du Catalogue.

---

*Le classement adopté par le possesseur de cette collection a été scrupuleusement conservé pour permettre de la présenter telle qu'elle se trouvait dans ses cartons. — La plupart des pièces qui la composent sont accompagnées de notices historiques, généalogiques ou héraldiques, du plus grand intérêt, écrites sur les feuillets de bristol portant les ex-libris.*

---

# XVII<sup>e</sup> SIÈCLE

## ANJOU

1. **(Bellay)** (Du).
   Epreuve à toutes marges.

2. (**Bouchet de Sourches**) (Du).

## AUVERGNE

3. **Boutaudon** (de). — 3 variantes, dont une gr. par *F. Bu.*, 1647.

4. **Boutaudon** (de).

Pièce de la plus grande rareté dont on ne connaîtrait que le présent exemplaire.

## BOURGOGNE

5. **Badoux** (François) ; 1698.

6. (**Bartelle-Lamoignon**) (de) ; petit in-4.

Très rare.

7. (**Bochart de Saron**).

Epreuve à toutes marges.

8. (**Boucherat**) ; in-4.

Superbe épreuve à toutes marges.

9. (**Brunet d'Evry**) (de) ; in-8 en largeur.

10. (**Cajot**).

Pièce rarissime.

11. (**Chanlecy**) (de).

Très rare. — Très légère restauration à l'un des angles.

12. (**Chevriers de Saint-Mauris**) (Claude-Joseph de). — 2 variantes in-18 et in-8.

13. (**Clopin**) (Jules).

Epreuve à toutes marges.

14. (**Coligny**) (de), par *C. Magneney* ; grand in-4.

Très belle et très rare pièce.
*Voir la reproduction sur la quatrième page de la couverture.*

15. (**Couchet**) (Melchior), par *N. C.* (*Nicolas Cochin*).

Rare.

## BRETAGNE

16. (**Beringhen**) (Jacques-Louis de), gr. par *S. le C.* (*Sébastien le Clerc*) : grand in-4.

Superbe pièce, de la plus grande rareté.

17. (**Blanchard de la Chapelle**).

Belle épreuve à toutes marges. — Très rare.

18. **Boullays de Crévecœur** (Jacques), gr. par *P. Giffart*.

Rare.

N° 16 du Catalogue.

## CHAMPAGNE

19. (**Blanchon**).

20. **Bunault de Frémont**, auditeur des Comptes. — 2 variantes.

21. (**Cauchon de Treslon**) (Louis), dit Hesselin.
   Très rare. — Voir la reproduction au Catalogue de la Vente des 13-14 Novembre 1905.

22. **Chevalier** (Joseph), gr. par (*J. Collin*).

23. **Dallier** (Claude), gr. par *J. C.* (*J. Collin*).
   Rare.

24. (**Delamothe**) ; in-4.
   Belle et rare pièce.

25. **Reims** (Chapitre de). — 4 variantes, dont une gr. par *Collin*.

## DAUPHINÉ

26. **Baudet**, conseiller au Parlement de Grenoble.

27. **Clerget** ; petit in-8.
   Très rare.

## FLANDRE

28. (**Aronio**) ; grand in-4.
   Superbe épreuve, la seule intacte connue, cette pièce se trouvant toujours découpée.

29. **Chevalier** (Louis), gr par *lui-même*.

## FRANCHE-COMTÉ

30. (**Briot de Lisle**).

31. (**Champagne**) (de), grand in-4.
   Superbe pièce, non citée et très rare.

32. (**Chiens de la Neuville**) (Charles des), grand in 4.
   Superbe et très rare pièce.

## ILE-DE-FRANCE

33. (**Baudrand**) (M.-A.).
   Très rare.

34. (**Bernage**) (de), in-4.

35. (**Bertin**) (Pierre-Vincent), gr. par (*Sébastien le Clerc*).
Belle épreuve à toutes marges.

N° 36 du Catalogue.

36. (**Bethune-Sully**) (Maximilien de), in-4.
Très belle et très rare pièce.

37. (**Bignon**) (Jérôme, IIe du nom), — 2 variantes dont une grand in-4.

38. (**Brodart**), par *J. Col.* (*J. Collin*).
Petit raccommodage.

39. **Bulteau de Préville** (Jacques et Pierre). — 4 variantes par *P. Giffart.*

40. (**Camaldules**) (Ordres des).
Pièce rarissime. — Léger raccommodage à l'un des angles.

41. (**Colbert**) (de), gr. par *V. Thomassin*, en 1694.
Rare.

42. (**Delaplanche**) (Pierre), 1664.
Très rare.

43. **Despont** (Philippe), prêtre à Paris, gr. par *Ladame*, en 1682 ; grand in-4, avec portrait. — Deux autres ex-libris du même personnage, in-12 et in-8. — Ensemble 3 pièces.

44. **Geoffroy** (Mathieu-François), doyen et chef de la corporation des pharmaciens parisiens, gr. par *Duflos*, d'après *Séb. Le Clerc*. — 2 variantes in-12 et in-4.

## LANGUEDOC

45. (**Auriol**) (d') ?
Epreuve non découpée ; très rare.

46. (**Beaulac**) (de) ; in-4.

47. (**Berthier de Montrabe**) (Jean-Louis de), évêque de Rieux (1578-1662), gr. sur bois.
Très rare.

48. (**Bonne de Lesdignières**) (de) ; in-4.
Très belle pièce.

49. (**Contades**) (de) ; in-16.

## LYONNAIS

50. **Barnier** (Philippe-Emmanuel) ; petit in-8.

51. (**Berton**), par *N. Auroux* ; in-4 en largeur.
Pièce de la plus grande rareté, non citée dans l'*Armorial des Bibliophiles du Lyonnais*.
*Voir la reproduction à la première page du texte.*

52. (**Bottu de la Barmondière**) (François). — 2 variantes gr. sur bois.
Pièces très rares. — Epreuves à toutes marges.

53. (**Bottu de la Barmondière**) (Laurent) ; petit in-4.

Cet ex-libris, dit l'*Armorial des Bibliophiles du Lyonnais*, est « d'une insigne rareté ».

Deux exemplaires seulement en sont connus.
Très belle épreuve à toutes marges.

N° 53 du Catalogue.

54. (**Chaponnay**) (de), gr. par *Jean Picart* ; petit in-4.

Très rare. — Belle épreuve à toutes marges.

55. **Charreton**, gr. par (*Jean Picart*).

Très belle épreuve à toutes marges.

## PICARDIE

56. **Clausse** (Henry de), évêque et comte de Chalons.
Très rare.

57. **Corbie** (Abbaye de Saint-Pierre de).
Très rare.

Messre Henry de Clause Euesqe & Comte de Chalons.

N° 56 du Catalogue.

58. (**Moreuil**) (Abbaye de) ; in-8.
Belle épreuve à toutes marges. — Très rare.

## PROVENCE

59. (**Auvilliers de Champclos**). — 2 pièces différentes, dont une gr. par *G. Tasnière*, en 1697.
Belles et très rares pièces.

60. (**Barcilon**).
Rare.

61. (**Benault de Lubières**).

62. (**Boussicaud**) (de), in-4.

Très rare. — Superbe épreuve à toutes marges.

63. (**Castellane d'Adhemar**) (de).

N° 67 du Catalogue.

## TOURAINE

64. (**Chapelain de Perdandale**).

Pièce très rare. — Restauration dans les lambrequins.

65. **Chassebras**.

Epreuve très grande de marges.
*Voir la reproduction à la page 16.*

66. (**Chassebras**), par *R. Lochon* ; petit in-4.

Pièce très rare (écartelée, avec de Chassebras sur le tout).

## PROVINCES DIVERSES

67. (**Amyens**) (d').

67 bis. **Amyens** (Augustin d').

68. (**Armes**) (d'), en Nivernais, gr. par *Thomassin* ; in-4.

69. **Bachelier** (Jacques), in-4.
Très rare.

M.e Iacques Cheuriere de Paudy

N° 79 du Catalogue.

70. **Basnage** (J.) (en Normandie), in-12.

71. (**Baussan**) (François de).
Le nom du titulaire est mis à l'encre.

72. **Begon** (Michel). — In-12 et in-4, gr. par *Daudin* en 1702.

73. **Bernard** (A.-E.), gr. par *J. Collin*.

74. **Blondeau** (N.-P.).

75. (**Boussac**) (de), en Limousin. — 2 variantes.

N° 81 du Catalogue.

76. (**Breuil**) (du) ; grand in-4.
Très rare. — Superbe épreuve à toutes marges.

77. (**Cazenove de Pradines**) (de), en Guyenne.

78. **Chastelier-Barlot** (René Barlot, marquis du), en Poitou.
Très rare.

79. **Chevrière de Paudy** (Jacques). — (*Très rare.*)

79 *bis*. (**Chevrière de Paudy**). — (*Très rare.*)

80. **Colin** (Antoine), par *Cl. Audran*, 1706 ; in-4.
Très belle pièce. — Rare.

81. **Collot** (Jérôme), lithotomiste du Roi ; in-4.
Très belle et très rare pièce.

82. **Couchet** (Hugues-Charles).

83. (**Froidefond**) (de), en Périgord.
Rare. — Légère détérioration.

84. (**Montchanin de Chavron**), en Forez ; petit in-4.

## SUISSE

85. (**Büren**).

86. (**Constant de Rebecque**) : petit in-8.
Epreuve à toutes marges.

N° 65 du Catalogue.

N° 398 du Catalogue.

---

## XVIIIe SIÈCLE

### ALSACE

87. **Boecler** (Jean), gr. par *Weis*. — Philippe-Henri Boecler, gr. par *J. Striedbeck*. — Ensemble 2 pieces.

88. **Brunck** (Richard), gr. par *J. Striedbeck*, à Strasbourg.
 Rare.

89. **Conte** (Bernard-Alexandre du), chanoine de Saint-Pierre à Strasbourg. — 2 variantes.
 Rares.

90. (**Frohberg-Montjoie**) (Simon-Nicolas-Eusèbe de), évêque de Bâle, par *J. Striedbeck*, à Strasbourg; in-12.

91. (**Frohberg-Montjoie**) (Simon-Nicolas-Ensèbe de), évêque de Bâle, par *J. Striedbeck*, à Strasbourg ; in-8 en largeur.

92. **Hoffmann** (G.-L.-S.), par *Traiteur*, 1761. — Fr.-Ig.-Jos. Hoffmann, par *C. T.* (*Traiteur*). Ensemble 2 pièces.

93. **Jeanjean** (Antoine), chanoine à Strasbourg. — 3 variantes in-18 et in-16.

94. **Jeanjean** (Antoine), chanoine à Strasbourg. — 3 variantes in-12.

95. **Jeanjean** (Antoine), chanoine à Strasbourg ; in-8.
Etat avec Saint Jean-Baptiste et Saint Jean-l'Evangéliste pour supports.

96. **Jeanjean** (Antoine), chanoine à Strasbourg ; in-8.
Etat avec l'écu posé sur des nuages.

97. **Koenigsegg** (Christian, comte de), chanoine de la cathédrale de Strasbourg.
Epreuve à toutes marges.

98. **Andrée** (André). — Pierre Anth. — Ignace Beck, religieux du monastère d'Ebermunster. — Michel-Fréd. Boehm, docteur médecin à Strasbourg. — Boillot, avocat à Belfort. — Théodore Cerfberr. — (Henri Chauffour). — Société littéraire de Colmar. — Ensemble 8 pièces.

99. **Dumars de Vaudoncourt** (Ch.-Fr.), par *Lançon*. — (Friden). — J.-B.-Jos. Gobel ; 2 variantes. — Fréd. Hemmet. — P. Jager (étiquette). — Kaeuffer, par *J. Reyl*. — (Jacob de Klinglin) ; 2 variantes. — Edouard Koechlin. — (Abbaye de Lucelle) ; 2 variantes. — Ensemble 12 pièces.

## ANJOU

100. **Aubigné** (le Chevalier d').

101. (**Beaumont d'Autichamp**) (J.-Th.-Louis de). — 2 variantes.

102. (**Beauvau**) (Charles-Just de), prince de Beauvau-Craon, maréchal de France ; grand in-4.
Superbe et très rare pièce. — Epreuve à toutes marges.

103. **Bellay** (Du)

104. **Bouchet de Sourches** (Louis-Hilaire du).

105. (**Champagné**) (René-François, marquis de), capitaine au régiment d'Auxonne ; in-8.

106. (**Clermont-Gallerande**) (de). — 4 pièces dont deux étiquettes.

107. **Cossé** (le Chevalier de). — Le Duc de Cossé. — Le Duc de Brissac, gr. par *George*; in-8. — Ensemble 3 pièces.

108. **Evrard de Jouy**, conseiller royal à Saumur.

Epreuve à toutes marges.

## ARTOIS

109. (**Boufflers**) Ch.-Marc-Jean de), inspecteur général d'Infanterie, gr. par (le *chevalier de Pujol*, en 1761).

Pièce rarissime.

110. **Corel du Clos** (J.-Fr.), chanoine de Belfort.

111. **Dupont**, Trésorier-général de l'Ecole Royale Militaire, par *Maurisset*.

Rare.

112. **Etats d'Artois** (les); in-4.

Epreuve à toutes marges.

113. **Flandres** (de), par *Gamot*.

114. **Foyelle** (Jean-Louis), chanoine de l'église d'Arras, par *Vallet*, 1721.

Rare

115. (**Hinisdal**) (d') ?

116. (**Ampleman**) **de la Cressonnière**, par (*Merlot*). — (d'Aoust de Jumelles). — Philippe de Beauffort. — (de Béthune); 3 variantes dont une gr par *Tardieu* d'après *Tharsis* et une par *Delcourt fils* — (de Boullongne). — (Brunnes de Montlouet, évêque de Saint Omer). — (Canteleu). — (Philippe Cayeux). — N.-F. de Douay du Prehedrez. — (de Flers). — (de Hau de Staplande), par *Merlot*. — Ensemble 13 pièces.

## AUNIS ET SAINTONGE

117. **Arnauld de Chesne** (Jean-Noël), lieutenant de MM. les Maréchaux de France.

Rare.

118. **Brosse-Montendre** (le Marquis de).

Rare.

119. **Cochon-Dupuy**. — 3 variantes, dont deux anonymes.

120. **La Rochelle** (Académie de).

Epreuve à toutes marges.

121. **Destrapières** (G.-M.-Martin), médecin à La Rochelle. — Dupont de Gault. — P.-E.-L. Harouard de la Jarne. — François-Henry Harouard de Saint-Sornin. — B. Bonnefous aîné (étiquette). — Ensemble 5 pièces.

## BEARN, NAVARRE ET ROUSSILLON

122. **Bordeu** (Théophile de). — (Carrère, médecin à Perpignan). — Gittard. — Ensemble 3 pièces.

123. (**Copons** del Llor) (François de); président à mortier au Conseil souverain de Roussillon.

124. **Duplâa** (le Baron). — (Simon de Duplaa, président au Parlement de Navarre). — Ensemble 2 pièces.

Rares.

125. (**Galard de Béarn**) (le Marquis Anne-Hilarion de).

Jolie pièce, rare.
Belle épreuve très grande de marges.

## BERRY

126. **Boizé** (Claude, comte de), par *L. Legrand.*

127. (**Agard de Morogues**). — Claude de Bengy-(Puyvallée). — (Bonnault). — Dodart. — Claude Delacodre (étiquette). — (de Gamaches). — de La Chassagne (étiquette). — Ensemble 7 pièces.

## BLAISOIS

128. **Beauharnais** (le Marquis François de), gr. par *L. Legrand.* — Le Vicomte de Beauharnais. — Ensemble 2 pièces.

Pièces rares.

129. (**Johanne de la Carre**, marquis de Saumery) (Louis-Georges de), lieutenant-colonel, gouverneur de Blois et de Chambord. — 2 variantes in-12 et petit in-4.

130. (**Johanne de la Carre**) **de Saumery** (Alexandre de), évêque de Rieux. — 2 variantes, dont une anonyme.

N° 118 du Catalogue.

131. **Saint-Launomare** (Abbaye de). — 3 variantes.

## BOURBONNAIS

132. **Bourbon-Busset** (le Vicomte de), gr. par *Mme Jourdan*, en 1788. — Louis-Ant.-Paul Bourbon Busset, *citoyen français*, 1793. — Ensemble 2 pièces petit in-8.

133. **Charton** (de).

Ex-libris de Charles-François Charton, général de brigade, tué à Castellane en 1796.

134. (**Durat**) (le Chevalier François de), maréchal de Camp.

Rare.

135. **Bournonville** (François de) ; 2 variantes. — (Du Breuil) ; 3 variantes. — Claude-Gabriel Doüet de Vichy. — (Jehannot de Bertillat). — Ensemble 7 pièces.

## BOURGOGNE

136. (**Bullion**) (de) ; in-12 en largeur.
Epreuve à toutes marges.

137. **Chevalier**, curé-doyen de Saint-Amateur.

## BRETAGNE

138. **Becdelièvre** (C.-P. de), évêque de Nîmes. — 2 variantes.

139. (**Boisgelin**) (de). — 3 variantes.

140 (**Bouëxel**) ; in-8 ovale.

141. (**Carré de Luzancay**).

142. (**Corbin de la Villeneuve**) ; 2 variantes in-12 et in-4.

143. (**Espinay**) (Charles marquis d') ; in-8.
Belle épreuve à toutes marges.

144. (**Espivent de la Villeboïsnet**). — 3 variantes.
Intéressante série, difficile à réunir.

145 (**Farcy**) (de).
Pièce de la plus grande rareté, non citée par M. de Farcy.

146. (**Guinement**) **de Kéralio** ; petit in-8.
Ex-libris de Louis-Félix Guinement de Kéralis, major d'infanterie, chevalier de Saint-Louis, professeur à l'École militaire.
Petite restauration.

147. **Hamart de la Chapelle** (Patrice-S.) conseiller du Roi au Parlement de Bretagne, docteur au collège des Médecins de Rennes, par *Grégoire*, à Rennes ; grand in-8.
Curieuse pièce.

148. (**Houel d'Houelbourg**) (le marquis Ch.-Fr.) ; in-8. — 2 variantes.

149. **Kermenguy** (Roland-François de), seigneur de Saint-Laurens, gr. par *La Biche*. — de S. L. (Ker)menguy, chanoine de Saint-Pol-de-Léon. — Ensemble 2 pièces.

150. **La Briffe de Préaux** (lieutenant-colonel du Régiment de Lorraine-Cavalerie). — (Ant.-Arnaud de LA BRIFFE), premier président au Parlement de Bretagne, gr. par *Pinot* ; in-4 en largeur. — Ensemble 2 pièces.

151. **Ameline de Quincy**. — (BARIN DE LA GALISSONNIÈRE). — (BERTHELOT DE LA VILLE-HEURNOIS). — J.-J. BLIN. — (BOUDIN DE TROMELIN). — BEAUX (étiquette). — de BREGET ; 2 variantes dont une anonyme. — (de COETLOGON), frisquette au pochoir. — Jean-Gilles du COETLOSQUET. — (de COETNEMPREN DE KERSAINT). — (CONSTANTIN DE LA LORIE). — Ensemble 12 pièces.

152. **Couëssin de Kervaso** (L. de). — du CREST DE VILLENEUVE. — (FOUQUET DE BELLE-ISLE). — François GARDIN DE LAPILLARDIÈRE. — (GENNES DE LA MOTTE). — (GLÉ DE LA ROCHE). — (GOYON DE MATIGNON) ; 2 variantes. — Jacques-Philippe GRANGIER, gr. par *lui-même*, 1785. — (André d'HAROUIS) — JOCHAUD-VERDIÈRE. — A.-M. LABOUCHÈRE. — Ensemble 12 pièces.

## CHAMPAGNE

153 (**Choiseul**) (de). — (Le Marquis de CHOISEUL-BEAUPRÉ). — (Léopold-Charles de CHOISEUL, archevêque de Cambrai). — Ensemble 3 pièces.

154. (**Colbert**) (Charles Joachim de), évêque de Montpellier, gr. sur bois.

155. **Hemey** (J.-B.), à Châlons.

Petite pièce rare.

## FLANDRE

156. (**Bérenger**), commissaire d'Artillerie à Douai, par *Durig*.

157. (**Berthelot de Warenghien**)

Epreuve remmargée.

158. (**Brier**) (de), gr. par *Brochery* ; in-8.

159. (**Briois d'Hulluch**) (Dom Vigor de), abbé de Saint-Vaast d'Arras, gr. par *de Meuse* ; petit in-8.

160. **Cahuac** (B.), docteur en droit à Douai.

161. (**Calonne**) (de). — 3 variantes.

162. **Caulier de Mingoval.**
Epreuve tirée en bleu.

163. **Chastanet** (C.-L.-J.), chirurgien, gr. par *Durig*, à Lille ; in-8.
Joli intérieur de bibliothèque.

164. **Chevalier** (Armand) ; in-4 en largeur.
Epreuve à toutes marges, très difficile à trouver dans cet état.

165. (**Courtois**) ; in-8.
Belle épreuve à toutes marges.

166. **Denis de Riacourt**, par *Thibaut*.
Epreuve tirée en bleu.

167. **Dirix** (A.).
Jolie pièce dans le goût d'Ollivault.

168. **Dolle** (de).
Rare.

169. (**Faulx**) (Jacques-François-Joseph de).

170. **Foissey** (Alexis), à Dunkerque, gr. par *Thérèse Brochery*. — 3 variantes, dont une avec la couronne remplacée par le niveau maçonnique.

171 **Gilleman de la Barre** (de).
Rare.

172. **Godefroy**, par *D.C.* (*Durig-Candon*). — D.-P. Godefroy du Sart. — Ensemble 2 pièces.

173. **Hanecart de Briffœil** (Jacques-Philippe), Président au Parlement de Flandre, 1712 ; in-8. — (Hanecart d'Irval). — Ensemble 2 pièces.

174. **Harchain** (L.), gr. par *Brochery*.

175. **Hecquet**, gr. par *Brochery*.
Epreuve à toutes marges. — Rare.

176. (**Hecquet**), gr. par *Brochery*.
Etat fort rare ; le nom du titulaire a été enlevé du cartouche et remplacé par un semis d'étoiles.

177. **Phalempin** (Abbaye de), diocèse de Cambrai, par *Vandesipe*, à Douai.

178. **Val Saint-Lambert** (Abbaye du), gr. par *H. Godin*, en 1779.

179. (**Alegambe**) (d'), par *F. Pilsen*; in-8. — (Arenth). — de Beauvais-Raseau. — Benoît Bieswal, par *Vacheron*. — Bonnier, 1746. — Boscheron, gr. par *Berthault*, 1777. — Michel Brisseau; 2 variantes. — Bruneau de Vassignies. — (Ph.-Jos. de Cano); 2 variantes tirées en bleu. — (de Carondelet). — de Casteele. — Chevalier d'Enfrenel. — Ensemble 14 pièces.

180. (**Chasteler de Moulbais**) (du), par *H. Simon*. — (Gédéon, baron de Condé), par *P. W.* — Jos. Constan. — des Cordes, par *M. A.* — A. Della Faille. — (Deschamp d'Aumont). — Destouches, à Dunkerque, par *Brochery*. — N.-F. Doncquer. — (Du Bois); in-8. — Du Chambge d'Elbhecq, 1757 (intérieur de bibliothèque). — Louis d'Espiennes; 2 variantes. — de Fauconpret de Thulus, par *Vacheron*. — (Jean-Fr. Foppens). — Ensemble 14 pièces.

181. **Flines du Fresnoy** (Joseph de), par *D(erond)*. — (Genty). — Ghesquière de Stradin. — Ghesquière de Limbreck. — (de Gillès). — J. Gosselin, par *Wallaert*. — Charles de Graillet d'Oupeype. — d'Hennin. — Hespel de Flencques. — Hibon, procureur du Roi. — (Honoré du Locron). — Jacops d'Hailly. — — (de Kerchove); petit in-4. — Ensemble 13 pièces

## GASCOGNE

182. (**Chastenet**) **de Puységur** (le Comte de). — 2 variantes dont une gr. par *J. Le Roy*, 1764.

183. **Estienne** (Joseph), gouverneur d'Auch. — 2 variantes.

184. **Gers** (Ecole Centrale du département du).
Pièce révolutionnaire, peu commune.

185. (**Gourgue**) (de); pièce gr. sur bois, tirée au verso d'un titre.

186. **Astorg** (Jean-Jacques-Marie, comte d'), par *M. F.* — (de Bourdeaux de Castera). — de Captan. — Escoubès de Monlaur; 2 variantes. — (d'Esparbès de Lussan). — Ensemble 6 pièces.

## GUYENNE

187. **Belsunce** (le Marquis de).

188. **Bordeaux**) (Bibliothèque de).

189. **Faudoas** (le Marquis de), premier baron chrétien de Guyenne.

Rare.

190. **Fossier de Lestart**, Président (au Parlement de Bordeaux).

Belle épreuve à toutes marges.

191. **Guyonnet de Monballe** (Godefroy), vicaire-général de l'archevêque de Bordeaux.

Le nom du titulaire est écrit à la plume. — Rare.

192. (**Boudon de Saint-Amans**). — (Coquet de la Roche-Montbrun). — (de Durfort-Boissières). — (d'Estrades). — (de Fumel). — de Gourgue; 2 variantes. — (Grossolles de Flamarens). — Ensemble 8 pièces.

## ILE-DE-FRANCE

193. **Académie de Chirurgie de Paris**. — 3 variantes.

194. **Aine** (M.-J.-B. N. d'), gr. par *P. L. Cor.*

195. **Aubry** (Jean-Thomas), prêtre à Paris. — 3 variantes, dont deux par *Martinet.*

196. **Aveugles** (Institut des) ; petit in-8.

Etiquette typographique de l'époque Révolutionnaire. — Rare.

197. (**Ballin**.)

Rare.

198. **Baron des Bordes**, premier secrétaire de S. M., gr. par *Mme Mangein.*

Rare.

199. **Bayon des Valières** (Louis), avocat au Parlement de Paris.

200. **Bermingham**, chirurgien à Paris, par *J. Ingram*; in-8.

Très rare.

201. (**Bernage**) (de) ; in-8 en largeur.

202. **Bernard de Rieux** (G.), gr. par *Huquier*, d'après *Duflocq* ; petit in-8.

Jolie pièce peu commune. — *Voir la reproduction à la page 28.*

203. (**Bernes**) (de). — (Bernes de Longvilliers. — Ensemble 2 pièces.

204. **Berthe** (Elzéar-Georges), recteur de Longjumeau, gr. par *M. Moyreau.*

205. **Besnier** (Pierre-Antoine), avocat en Parlement, gr. par *Thomassin.*

206. (**Bignon**), par *F. Engramelle.*

N° 193 du Catalogue.

207. (**Bourbon-Condé**) Louis-Henri, duc de), pair et Grand-Maître de France, gr. par *J.-M. Weis*, 1736 ; grand in-4.

Très belle pièce (Ex-libris, ou blason de dédicace).

208. (**Bouvard**) DE FOURQUEUX. — 3 variantes, dont une par *Crépy.*

209. **Boyveau** *l'Affecteur*, docteur en médecine. — 2 variantes.

Les armes de la première pièce sont surmontées d'une couronne, celles de la seconde *d'un bonnet phrygien.*

210. **Brallet** (Jean-François), conseiller Royal, gr. par *Jos. Gamot.* in-8.

211. **Burckhard** (Jean-Henri), gr. par *G. Scotin l'aîné*, 1715.

Rare.

212. **Canclaux** (J.-B. Camille de). — Joseph de Canclaux. — Ensemble 2 pièces.

213. **Caulet d'Hauteville.** — 2 variantes.

N° 202 du Catalogue.

214. (**Chamillart**) (de), par *A. van Buiben*.

215. **Cherier** (Claude), ancien abbé de Chastelcensoy ; in-8.
Jolie pièce.

216. (**Cheval**).
Rare.

217. **Chevillard**, gr. par *Neveu*, tiré en sanguine. — Choquet (peintre et dessinateur), par *lui-même*. — Ensemble 2 pièces.

218. **Choart,** Président de la Cour des Aydes.

219. **Collège des Ecossais**, à Paris, gr. par *Ingram*.
Très rare. — Belle épreuve à toutes marges.

Nº 215 du Catalogue.

220. **Communauté des Orfèvres** de Paris : petit in-4 en largeur.

221. **Connétablie** et Maréchaussée de France, par *Randu*, 1779.

222. **Coppette** (P.-Fr.), docteur en théologie de la Faculté de Paris. — 2 variantes.

223. **Cristel** (Jacques), fabricant de papier à Paris, 1742, par *A. Avisse*
Rare.

224. (**Daquin**) (Louis-Claude), organiste du Roi, gr. par *F. Pilsen* ; in-8 en largeur. — 2 variantes.

225. **Darlus**.
Épreuve à toutes marges, tirée à la sanguine. — Rare.

226. **Delafaye**, membre de l'Académie de Chirurgie de Paris.
Pièce à sujet macabre.

N° 219 du Catalogue.

227. **Delagrave**, conseiller du Roi, commissaire au Châtelet.
Très rare. — Légère restauration.

228. **Deschamps de Saint-Amand** (Jacques). — Louis DESCHAMPS DES TOURNELLES, gr. par *Moreau*. — Ensemble 2 pièces.

229. **Desmares** (Jacques), avocat au Parlement, gr. par *C.-S. Gaucher* ; in-8.
Très jolie pièce.

230. **Dionis** (J.-F.), abbé de Cuissy.
Très rare.

231. (**Dominicains**) (Ex-libris des) ; grand in-8.
Épreuve à toutes marges.

232. (**Drouyn de Lhuys**).
Epreuve à toutes marges.

233. **Dubut**, curé de Viroflay, gr. par *J. Le Roy* ; petit in-8.
Rare.

234. **Dubut**, curé de Viroflay, gr. par *J. Le Roy*.
Epreuve *à l'état d'eau-forte* et *avant toute lettre*, de la plus grande rareté.

235. (**Favières**) (de). — 2 variantes.

N° 242 du Catalogue.

236. **Foucault** (Nicolas-Joseph), comte de Consistoriane. — 4 variantes, in-12, in-8 et pet. in-4.

237. **Francœur** l'Aîné, par *Collard*.

238. (**Galland**).

239. **Gauthier** (Fr.-T.), avocat au Parlement.
Rare.

240. **Glomy** (Jean-Bapt.), par *lui-même*, 1741 ; petit in-8.
Ex-libris du célèbre encadreur de dessins du XVIIIe siècle.

241. **Gombault** (Nicolas-Urbain), avocat au Parlement de Paris, par *Guillau*.
Très rare.

242. **Gueulette** (Thomas), dessiné et gravé à l'eau-forte par *Bellanger* ; in-12 en largeur.
Pièce curieuse et très rare.

243. **Gueulette** (Thomas), gr. par *H. Bécat*; in-8.

Pièce curieuse et rare.

244. **Guyot** (Henri), docteur-médecin à Paris, 1734.

245. **Harcourt** (Collège d'), à Paris.

246. (**Hazon**) (Michel-Louis), président de la Cour des Monnaies de Paris, in-8 ovale.

247. **Homblières** (Abbaye d'), diocèse de Noyon.

248. **Hozier** (Charles d'), in-8. — Louis-Pierre d'Hozier ; 3 variantes in-12 et in-8. — Ensemble 4 pièces.

249. **Huquier** (J.-G.), gr. *par lui-même* ; in-8.

Jolie composition. — Rare.

250. **Jullien**, Procureur général des Eaux et Forêts de France, petit in-4.

251. (**Louis XIV**, Roi de France), gr. par *G. Audran* d'après *A. Dieu* ; in-4 en largeur.

Pièce considérée par de nombreux amateurs comme un ex-libris.

252. (**Orléans**) (Louis-Philippe, duc d'), plus tard roi sous le nom de Louis-Philippe Ier ; in-8.

Belle étiquette, gravée et armoriée, pour sa collection de cartes géographiques.

253. **Paris** (Eglise Sainte-Croix de).

Très rare.

254. **Prémontré** (Collège de), diocèse de Laon.

255. **Ribellerie de Marrault** (Gitton de la).

Rare.

256. (**Rothelin**) (Charles d'Orléans, abbé de) ; petit in-8.

257. **Royaumont** (Abbaye de), diocèse de Beauvais.

258. **Saulcy** (Louis-Joseph Caignart de), capitaine au Corps Royal de l'Artillerie.

259. **Affry** (le comte d'), gr. par *Demonchy*. — (d'Aligre). — Jean-Louis Andrillard, par *E. Stallin*. — Ch.-Louis-Fr. Andry, 1770. — C. Animé. — Pierre Ansart de Mouy. — Arrachart ; 2 variantes dont une anonyme. — Jacques Asseline. — Aumont. — Jean Aymeret de Gazeau. — Baizé, prêtre. — H.-Th. Baron ; 2 variantes. — Ensemble 14 pièces.

*Exlibris Thomæ Gueulette et Amicorum.*

N° 243 du Catalogue.

260. (**Banneville**) (de). — de Barraly. — Joseph Barré, 1747. — (J.-B. de Belloy). — Brochant. — Brochant du Breuil, gr. par *Mathey*. — Nic. Brumant. — Louis-Claude Cadet (de Gassicourt). — Calvaire de Saint-Germain (étiquette). — (Chamillart de la Suze.) — Charlier. — (Jacques Chevalier), par *J. C Maurisset*. — (Choart de Buzanval). — (Cléry) de Serans. — Ensemble 14 pièces.

261. **Cochin** (J.-Denis), par (*Martinet*). — (Collin). — Cousin (de Courteville) ; 2 variantes. — (Davy de Cussé). — (Desvaux). — Dompierre d'Hornoy ; 2 variantes. — A.-F. et P. Doyen ; 2 pièces. — Dubois de Courval. — G. Durand, à Senlis. — Durieux de Beaurepère. — Cabinet littéraire de l'Ecole Polytechnique (étiquette). — Ensemble 14 pièces.

262. **Esmangart de Beauval**. — (d'Estienne de la Colombe). — L'abbé Foliot, curé de Vincennes (étiquette). — Exupère Froment, 1771. — Le duc (Gaudin) de Gaete, gr. par *Coquardon fils*. — (Glucq) de Saint-Port. — Goislard de Montsabert; 2 variantes, dont une anonyme. — Le Président Hénault (gr. par le *Comte de Caylus* d'après *Fr. Boucher*) ; 2 variantes. — (Hocquart) de Montfermeil ; 2 variantes, dont une anonyme. — Congrégation du Mont-Valérien, 1730. — Abbaye de Saint-Corneille, à Compiègne. — Collège de Sainte-Barbe. — Dominicains de Versailles. — Ensemble 16 pièces.

## LANGUEDOC

263. (**Arnauld de Pomponne**), gr par *J. Gosset*.

264. (**Arnauld de Pomponne**).

Pièce très rare ; les armes du titulaire sont accompagnées de celles d'une abbaye.

## LIMOUSIN

265. (**Bonneval**) (de).

266. (**Bouy**) (le Marquis du).

Rare.

267. **Chiniac de Labastide** (Pierre de), gr. par *J. Le Roy*, 1769.

Rare.

268. (**Chiniac de Labastide**) (Pierre de), gr. par (*J. Le Roy*, 1769).

Epreuve AVANT TOUTE LETTRE et à toutes marges. — Très rare.
*Voir la reproduction sur le titre du Catalogue.*

269. **Dorat de Chameulles** (Claude), conseiller du Roi. — 2 variantes, dont une gr. par *Fouquet*.

270. (**Faydit de Tersac**).

Ex-libris militaire peu commun.

271. (**Froment de Champlagarde**). — 3 variantes, dont une par *Lainé* et une par *Pierre-Charles Ingouf*, en 1785.

Intéressante série ; la pièce gravée par *Lainé* est fort rare.

272. (**Gain de Linars**) (Pierre-Jean de), commandeur de Malte ; in-18.

273. **Gréen de Saint-Marsault** (de).

Rare.

274. **Deperet-Muret** (Jean). — (de FERRIÈRES) DE SAULVEBŒUF, (étiquette). — (Alexis GARAT). — GILIBERT DE MERLHIAC ; épreuve tirée en bleu. — Ensemble 4 pièces.

## MAINE

275. (**Clinchamp de Labuisardière**).

276. **Courtarvel** (le Marquis de), par *Lucas*.

Jolie et très rare pièce. — *Voir la reproduction à la page suivante.*

277. **Dumans de Chalais**, lieutenant des Maréchaux de France ; petit in-8.

278. (**Gaignon de Vilaines**), gr. par *Tardieu* d'après *L. Du V.* (*Louise Du Vivier*).

Epreuve à toutes marges.

279. **Heliand d'Ampoigné** (d'). — 3 variantes, dont une gr. par *Gobard*.

280. (**Bitaut**), gr. par *Chaumier*. — (FONTAINE DE RIVÉ). — (Ch.-Louis de FROULAY DE TESSÉ). — HÉRISSON DE VILLIERS. — Jean-François JANNART (DE MÉDEMANCHE) ; 2 variantes. — Ensemble 6 pièces.

## NIVERNAIS

281. (**Andrault de Langeron**). — 4 variantes.

282. (**Damas de Crux**) (le Comte de). gr. par *Baquoy*.

283. **Goussot** (Etienne-Jean), chanoine à Nevers. — 2 états, dont un à la sanguine.

N° 276 du Catalogue.

284. (**Guyot**), par *E. Stallin*.

285. (**Nevers**) (Chapitre de la Cathédrale de).

286. **Bonnay** (de). — (Jean-Claude Flamen d'Assigny). — Flamen d'Assigny, conseiller auditeur des Comptes ; 2 variantes, dont une anonyme. — Ensemble 4 pièces.

## NORMANDIE

287. **Denis** (D.).

288. **Eu** (Bibliothèque du Collège d'), fondée par le duc du Maine, en 1729 ; grand in-8.

289. **Guillou** (Jean) ; petit in-8.

*Ex Liber. Ser. Principis Cenoman. Ducis*
*Biblioth. Coll. Aug. fundatoris an. 1729.*

N° 288 du Catalogue

290. **Isambert** (J.-J.), gr. par *N. Le Mire*, 1746 ; petit in-8.
Belle épreuve à toutes marges.

## ORLÉANAIS

291. **Archambault** (D. D. d'), gr. par *Sergent-Marceau*, à Chartres, en 1778 ; in-8. — L'Abbé d'Archambault (étiquette). — Ensemble 2 pièces.

292. (**Bidé de Chézac**) (Paul-Osée), capitaine des vaisseaux du Roi.

Belle épreuve à toutes marges.
*Voir la reproduction à la dernière page du texte.*

293. **Bizemont** (de). — André-Gaspard-Parfait, comte de Bizemont Prunelé, dessiné et gr. par *Ch. Gaucher*, 1781 ; in-8. — Ensemble 2 pièces.

294. (**Chalo Saint-Mard**.)

295. **Cougniou** (Philippe de), chanoine de l'église d'Orléans. — M.-H. de Cougniou de Mairville, par *Huquier fils*. — Ensemble 2 pièces.

296. (**Curault**, écuyer, seigneur de Malmusse).

Rare.

297. **Deschamps**, chanoine de l'église d'Orléans. — 2 variantes, dont une anonyme par *Montulay l'aîné*.

298. **Geoffroy de Coiffy** (Marc-Antoine), abbé de Cercanceau.

299. **Horeau**, gr. par *A.-F. Sergent* ; in-12

Charmant intérieur de bibliothèque. — Très rare.
Le nom du titulaire a été habilement gratté.

300. (**Huet d'Embrun**) (Mme), née Françoise Curault.

301. (**Brisay de Dénonville**). — (Brochet de Saint-Prest). — Jacques Chapet (étiquette). — Colas de Malmusse. — Colas de la Noue. — Jean-Pierre (Guignace) de Villeneuve. — (Harville des Ursins). — Janvier de Flainville ; 2 étiquettes. — Ensemble 9 pièces.

## PÉRIGORD

302. (**Abzac de la Douze**) (Jean d').

303. (**Bertin de Bourdeille**) (H.-L.-J.-B.), lieutenant-général de police de la ville de Paris ; in-8 en largeur.

Curieuse et très rare pièce.

304. (**Grossolles-Flamarens**). — 2 épreuves dont un *essai d'artiste à l'état d'eau-forte*.

305. **Bourdeilles** (l'Abbé de) ; épreuve rognée. — Le Chevalier (de Costes) de la Calprenède. — J.-F.-J. Dumont. — Ensemble 3 pièces.

## PICARDIE

306. (**Albert d'Ailly** ; duc de Chaulnes) (d'). — 4 variantes.

307. (**Albert de Luynes**, prince de Grimberghen) (Louis-Joseph d'), gr. par *S. Catoir* ; grand in-4.
Belle et très rare pièce.

308. (**Ampleman de la Cressonnière**) (J.-B.).

309. (**Bernard de Cizancourt**)

310. **Billy** (le Comte de).
Epreuve à toutes marges.

311. **Blondin**, conseiller.
Epreuve tirée en bleu.

312. (**Boula**) (Mme de), née de MESTWETTER. — BOULA DE COULOMBIERS. — A.-J. BOULA DE MAREUIL. — Ant. BOULA DE MONTGODEFROY. — Ant.-Fr.-Alex. BOULA DE NANTEUIL ; 1777. — Ensemble 5 pièces.

313. **Bousselin** (Eustache), conseiller du Roi. — Nicolas BOUSSELIN, chanoine de Saint-Quentin. — Ensemble 2 pièces.

314. (**Campagne**) (de). — 3 variantes.

315. **Carpentier** (Joseph), conseiller du Roi. — 3 variantes.

316. **Cottin** (Henry-Daniel) ; in-8 carré. — COTTIN DE FONTAINE, gr. par *T.-C. Guillaume*. — F. COTTIN, abbé de Fontenay-le-Comte. — Ensemble 3 pièces.

317. **Cottin d'Espinay**, par *Guillaume*.
Jolie composition. — Rare.

318. **Cottin d'Espinay**, par *Guillaume*.
Etat d'une très grande netteté qu'il est fort rare de rencontrer, toutes les épreuves étant brouillées par suite du manque de fixité de la planche. — Le nom de *d'Espinay* a été découpé.

319. (**Crécy**) (de), in-12 en largeur, gr. sur bois.

320. **Dincourt** (Adr.). — Pierre-François DINCOURT-D'HANGARD. — Ensemble 2 pièces.

321. **Ducasse d'Apilly** (J.). — 2 variantes.

322 **Franssures** (l'abbé de). — 2 variantes.

Le premier état, avec les besants non émaillés, est de la plus grande rareté.

323. **Fresne** (François-Augustin Du), prêtre et chanoine.

324. **Haussy** (Jean de Dieu-Charles de), conseiller royal à Péronne, 1731 ; in-8.

Le nom du titulaire est écrit à la plume.

325. **Haussy de Robecourt** (Mathieu-Barth. de), avocat royal à Péronne, 1743 ; in-8.

Le nom du titulaire est écrit à la plume.

326. **Haussy** (Jean de Dieu-Barthélemy de), écuyer, avocat et secrétaire du Roi ; in-8.

Le nom du titulaire est écrit à la plume.

327. **Joly de Bammeville**. — 2 variantes.

328. (**Noyon**) (Chapitre de Notre-Dame de). — 2 variantes, dont une in-4 gr. par *Oudoux*.

329. **Ainval** (d'). — Allard du Bourget. — (Ampleman) de la Cressonnière, par *Merlot*. — Anisy-le-Chatel. — Aubert de Grivillier (étiquette). — (du Blaisel). — (Bouzier) d'Estouilly. — Le Chevalier de Chamont. — de Conty Hargicourt ; 2 variantes, dont une *avant la lettre*. — Ensemble 10 pièces.

330. **Charpentier**. — (Créquy) ; gr. sur bois. — Desains, notaire à Saint-Quentin ; 2 pièces. — Desmarquette de Crémont. — (Dixmude de Montbrun). — (d'Estavayé). — (du Fos de Méry). — (de Fresnoy). — (Aug.-César d'Hervilly de Devise), évêque de Boulogne (étiquette). — (Hibon de Mervoy). — Abbaye de Valloires, par *Mathey*. — Ensemble 12 pièces.

## POITOU

331. (**Favereau de Doussay**). — 2 variantes, dont une in-4.

332. (**Irland**) (d'). — 2 variantes in-12 en largeur.

Pièces peu communes.

333. (**La Broue de Vareilles-Sommières**). — 3 variantes, dont une avec attributs militaires.

334. **Barbier**, professeur de géographie et d'histoire. — Laurent-Basile BARBIER, abbé de Moustiers-Neuf. — (DUBOIS DE SARAN). — Congrégation des MISSIONNAIRES DE POITIERS. — Ensemble 4 pièces.

## SAVOIE

335. **Chambéry** (Couvent des Frères Prêcheurs de) ; in-8.
Belle épreuve à toutes marges.

336. **Chambéry** (Capucins de) ; 4 étiquettes. — P. COCHON. — Louis, marquis de CONZIÉ. — (L.-P. COSTA DE BEAUREGARD). — P.-L. FILLIARD, avocat au Sénat de Savoye. — Ensemble 8 pièces.

## TOURAINE

337. (**Albert de Luynes**, duc de Chevreuse) (d'). — 3 variantes, dont une avec le nom du titulaire.

338. (**Bouthillier de Chavigny**) (Denis François de), évêque de Troyes, puis archevêque de Sens. — 2 variantes.

339. (**Bouthillier de Chavigny**) (Louis de), colonel du régiment de Quercy-Infanterie. — 4 variantes, dont deux anonymes.

340. (**Brossin de Meré**) (Mme de) ; grand in-8. — 2 variantes.

341. **Coste de Champéron** (Gilles-Charles de), conseiller au Parlement. — 3 variantes, dont une anonyme.

342. (**Guyon**) **de la Chevallerie.**
Rare.

343. **Tours** (Ecole académique de).
Très rare.

344. **Baraudin**. — Nic.-Jean BAUDELOT, par *Corlet*. — Le Marquis de BIENCOURT. — de BOUGAINVILLE. — CASSIN (étiquette). — (de CHABERT). — Louis de CHAUMEJAN. — Jacques CHAVANE. — (de COP). — (HAINCQUE DE SAINT-SENOCH), gr. par *Coquardon*. — Ensemble 10 pièces.

## PROVINCES DIVERSES

345. **Alciatoré** (J.-B.), protonotaire apostolique, par *P. R F.*, 1727.

346. **Amyot** (G.-F.).

Frisquette au pochoir ajoutée.

347. **Aubigny** (d'), in-18.

N° 348 du Catalogue.

348. **Aublé** (Jean-Laurent), gr. par *Pariset* d'après *F. Boucher*, in-8.

Jolie et très rare pièce.

349. (**Aublé**), dessiné et gravé *par lui-même*, in-8.

Pièce fort rare.

350. (**Aublé**), in-8.

Etat fort rare, très probablement gravé par Aublé lui-même, et différent du précédent.

N° 349 du Catalogue.

N° 350 du Catalogue.

351. **Aymon** (Jean-Marie), conseiller à la Chambre des Monnaies, 1728.

352. **Azolin**, par *F.*
Curieuse pièce gravée à l'eau-forte. — Epreuve à toutes marges.

N° 357 du Catalogue.

353. **Bailley** (Cl.-Gab.), docteur en médecine.

354. **Baroche**.

355. (**Baudouin**) (le comte de), brigadier des armées du Roi.

356. **Bauny** (de) ; in-12.

357. **Beausire** (Jérôme), membre de l'Académie royale d'Architecture.

358. (**Beausire**). — 2 variantes gr. par *J. Gosset.*

359. (**Bercée de Compont**) (de).
Rare.

360. **Bergez**, avocat.

361. **Betoux** (Henri de).

362. (**Blancher de Fayrac**). — 2 variantes.
Très rare.

363. **Blondel** (**de Gagny**), maître des Requestes. — 3 variantes.

N° 369 du Catalogue.

364. (**Blondin**) (Pierre), prêtre.
Très rare ; le nom du titulaire est écrit à l'encre.

365. **Boileux**, par *Malbeste* ; petit in-8.
Epreuve à toutes marges.

366. (**Boissier.**)
Rare.

367. **Boissier de Sauvages**.

368. **Botereau** (J.-P.-L.).
Très rare.

369. **Boucherot du Fey**, par (*Moreau le Jeune*).
Jolie pièce, peu commune.

370. **Bourdier de Beauregard** (Valent.).
Rare. — Epreuve à toutes marges.

371. **Bourdon** (D.-M.-J.), avocat royal. — 2 variantes datées de 1766 et 1776.

372. **Bourlet de Vauxcelles,** premier valet de chambre de Mgr. le Comte d'Artois. — 2 variantes.

373. (**Boylandry**) (de).
Rare.

374. **Buterne**, écuyer.
Rare.

375. **Canderon** (le lieutenant Du).

376. (**Carpentras**) (Ville de), gr. sur bois.

377. **Cazes** (Clémant, Louis de).

378. **Charpentier** (Louis Olivier), 1738 ; in-4.
Le nom du titulaire est écrit à la plume.

379. (**Charpentier de Beauvillé**). — 2 variantes.

380. **Chateaugiron** (J.-M. de).
Joli petit intérieur ; un prêtre lisant dans son cabinet de travail.

381. **Cherfaure**.

382. **Corbie** (de).
Rare.

383. **Curty** (André-P.-M.).

384. **Damours**, conseiller à la Cour des Aides. — 2 pièces, dont une étiquette au pochoir de l'époque de la Révolution.

385. **Dardene** (J.-P.), petit in-8.

386. **Daulby**, in-12 en largeur.
Epreuve à toutes marges.

387. **Deleau**, avocat aux Conseils du Roi.
Rare.

388. **Démange** (Fidèle.)
Jolie pièce. — Rare.

389. **Desbrisay** (Théophile).

Curieuse et très rare pièce. — Epreuve restaurée.

390. **Dhemard**, gentilhomme de la chambre de Mgr. le Comte d'Artois.

Jolie pièce finement gravée.

391. (**Discame ?**)

392. **Doucet** (M.-R.), prêtre ; in-12 en largeur, gr. à l'eau-forte.

393. (**Dubin**), par *Moreau le jeune*, 1768.

394. (**Dubin**), gr. par *Ledère ;* petit in-8.

Jolie et très rare pièce.

395. **Dupuis** (L.-N.-L.)

Pièce curieuse et très rare.

396. **Estienne de la Guille des Champs**, par *E. Stallin*, 1751.

397. **Foigny de Varimont** (Pierre-François-Xavier de).

Epreuve à toutes marges.

398. **Fortaire** (Jean-Baptiste) ; in-12 en largeur.

*Deuxième état :* Avec les noms des quatre vertus et les trois vers.
*Voir la reproduction à la page 17.*

399. **Fougeroux de Bondaroy**, membre de l'Académie Royale des Sciences, par *Criez*.

Epreuve à toutes marges. — Rare.

400 **Fougeroux de Sceval**, Brigadier des Armées navales ; petit in-8.

Epreuve à toutes marges. — Rare.

401. **Gabillon** (de) ; petit in-8.

402. **Gaime** (F.-S.-A.), par *Pariset*.

403. **Garnot** (P.) ; in-18

Petite pièce peu commune.

404. **Gaudard** (Louis-César), capitaine en France, gr. par *D*.

Très rare.

405. **Gaulard** (de).

Jolie pièce très bien gravée.

406. **Gaullard de Saudray** (Ch.-Em.), résident de France à Berlin, 1770 ; in-16.

407. **Gay** (Pierre), curé de St-Etienne de Chalaronne (Ain), 1746, in-8.

408. **Germain** (le Chevalier de), Ingénieur ordinaire du Roi.

409. **Girard** (D.-H. Othenin).

410. (**Girardot de Préfons**) (Paul). — 2 variantes dont une très rare.

411. **Gossin** (J.-B.). Chanoine, Grand Chantre, Prieur commendataire de Sainte-Marie-Madeleine de Limoron.

412. **Grognard** (François). — 2 variantes dont une collée sur l'ex-libris in-8 de Fr.-Th. Jaume.

413. **Grosbury** (Zie), 1746 ; in-12 en largeur.

Rare.

414. **Guenin** (Charles).

Jolie pièce. — Rare.

415. (**Guillaume**) **de Cailly**, Commissaire des Guerres. — 2 variantes.

416. **Guillaumot d'Aubou(re)lard**.

417. **Hédouin**, 1763 ; petit in-8.

Curieux ex-libris militaire.

418. **Henry** (G.), gr. par *F. Huot*.

Même composition que celle de l'ex-libris de *Louis le fils*.

419. **Huot** (J.), gr. par *F. Huot*.

Même composition que celle de l'ex-libris de *G. Henry*.

420. **Jamelin** (P.-C.), prêtre, 1792.

Pièce à sujet macabre.

421. **Jarry** (Richard). — 2 variantes, dont une (un peu rognée) gr. par *Boutrois*.

422. **Julien des Boulmiers** (Jean-Auguste), ancien capitaine de Cavalerie ; in-8.

423. **Lambert** ; in-8.

Curieux intérieur de bibliothèque.

424. (**Abadiodi**), par *Sergent*, 1769. — J. Adam. — Joseph-Fr. d'Andigné. — Antoine. — Arbanère. — J. Arnavon. — Fr.-Victor d'Arre. — d'Artus. — Asselin. — Aubaret. — Aubert. —

Pierre Audoy. — Ch. d'Augy. — Fr. Autray, 1736. — J.-B.-Bernard Baget. — Ensemble 15 pièces.

425. **Bauclas** (de). — de Beaufort. — P. Beraud. — (Berbier du Metz. — Berger du Mesnil. — H. de Bermond. — Alexandre Bidar. — Bidault. — Billoüet. — Blé. — de Bocté. — Boissy d'Anglas. — Julien-Charles Boitet de Richeville. — de Borthon de Létang. — François-Gilles Bouché d'Urmont. — Ensemble 15 pièces.

426. **Bouju**, gr. par *L. Chenu*, d'après *Desmaisons*, 1780. — Boullenger de Mézilcourt ; 2 variantes. — Bourlier l'aîné, 1750. — P. Bovéron. — Bramand. — de Brienne, par *C. N. Varin* ; in-8 — Brochaton, 1772. — P.-B. de Brosse. — Ant. Brunet. — (Caila). — de Carbonnières ; 2 variantes. — (de Catherinot). — Caussemille. — Ensemble 15 pièces.

427. **Celon** (de). — (Cerfroid, prieur des Mathurins). — de Chambon. — Chappron. — B. Charbonnier. — Jean-François Chaussat. — Chesneau. — Chevalier. — (de Clermont-Tonnerre). — du Cluseau de Chabreuil. — Mathieu Colaud. — Collin. — Jacques-François Collombat. — Colson. — Contrastin de Cablan. — Ensemble 15 pièces.

428. **Coquereau**. — Corbet. — Antoine Cormond. — de Courgy. — Louis Courtois. — Coutant de la Motte. — Dabry. — Davy de Chavigné, gr. par *d'Etrouville*, 1771. — Daymar. — Etienne Derey. — Gabriel Deslondes. — J.-C. Dezauche. — Dubois. — Louis-Hyacinthe Dudevant. — Bernard Dufau. — Duval. — Ensemble 16 pièces.

429. (**Dupuy**). — Duval. — Duval. — Duvergier. — Le comte d'Envie. — Ernon, docteur. — d'Esbiey. — Ant.-Ch. Farmain, 2 variantes. — Fauveau. — de Faventine de Fontenille, gr. par *P.-L. Cor*. — Fiévet. — P. Fizeaux fils. — J.-F.- L. Fleury, par *L. V.* — Floncel. — J. Bernard Florin. — Ensemble 16 pièces.

430. (**Foullon d'Ecotiers**). — Fouques. — J.-B. de Fouquet. — France, par H. — (de Froidour). — (Garzetta). gr. par *Jo. Gamot*. — Gautier. — Bruno Gay. — Gentil. par *de Launey*. — Gigot d'Orcy. — (Grangé ?). — Granjan de la Croix. — A.-J. Guyot. — Havé, gr. par *V. de Sana* (?). — d'Hermand. — Alexandre d'Hermand. — Ensemble 16 pièces.

431. **Henault** (Ch. de), 1712. — Hervé ; 2 variantes, dont une maculée. — (Horius). — Hugon de Bassville. — Ch. Hugony. — A.-P. Jacquin. — Pierre Jacquinet ; 2 variantes, dont une au pochoir. — Josse. — Jourdan, secrétaire. — Jourdan, confrère. — Journiac, colonel d'infanterie. — Joveneau de Thun. — Labeyrie de Vilcaa. — Jean de La Borde. — Ensemble 16 pièces

432. **Monogrammes :** Aubrée. — Bachelier fils. — Louis Barbe. — de Bonnay — Ant. Bouché, par *Jacquemin.* — B.-L.-M. Bourgeois. — Cadot, capitaine de ville. — Courtin. — Croiszétière. — Guill.-Nic. Davollé. — Fouché. — Garnier. — (Gilo) — Gohy de la Vallée, 1743. — Léopold Gruber. — Ambr.-René Hoisnard. — N. Hoüé, par *C.M.M.* — C. Jolly. — Ensemble 18 pièces.

433. **Etiquettes**. — Réunion de 21 pièces, la plupart avec encadrements gravés sur bois.

Angins de Sainte-Marthe (des). — Arnaud. — Hilaire Aubert. — Paul-Fr. Bramand. — Brion. — Jean de Bry. — Jacques Buisson. — Bureau. — Alexandre-Louis Charpentier de Beaumont. — de Crony. — Pierre Davollé. — d'Espinassoux. — Faucher. — P. Faulcon. — Le comte Ferrand. — Floncel. — J.-B. Fortaire. — Gramont. — Honoré Greppo. — Le Maréchal Jourdan. — Fr.-Victor Labeste.

## SUISSE. ALLEMAGNE. ANGLETERRE, ETC.

434. (**Hund**) (le Baron de), dit *Frater ab Ense* ; in-8.

Très curieux ex-libris franc-maçonnique, avec la légende : *Enigma, si dignus, aperies.*

435. **Kilchberguer** (C.-R.).

Jolie composition dans le goût français du XVIIIe siècle.
Piqûre de ver dans la marge supérieure.

436. **Bordier** (J.-E.) — Jean-Louis Buisson. — (de Chambrier). — (Constant de Rebecque). — Le comte de Courten, par *Brupacher*, 1773. — Des Arts. — Henry Favre (d'Eschallens). — (d'Erlach). — Gallatin ; 2 variantes, dont une gr. par *Robin*, et l'autre anonyme. — de Gland, dit Dellient. — (Griset de Forel). — Jean-Louis Harscher, gr. par *Soubeyran*. — Huguenin-Dumitand, gr. par *M. Thévenard*. — Labat ; in-8 en largeur. — Ensemble 15 pièces.

437. **Augustins d'Augsbourg**. — (Basselet) de la Rosée, gr. par *lui-même*, 1769. — d'Heiss (étiquette). — (de Leonrodt). — Charles Delafaye, gr. par *Skinner*. — Fitz-Gerald. — (Hawkesworth de Hawkesworth). — (van Alderwerelt). — (de Bye) (van der Craght). — Hasselaer. — (Huytens). — Jacques-Emile Cavaleri, évêque de Troie. — Joseph Castoreo. — (Giogo). — Couvent de Sainte-Adélaide. — (Cervera) ; in-8. — Cajetan de Wegry. — Ensemble 18 pièces.

N° 292 du Catalogue.

---

N° 1307-XIV

Tours, Imp. Tourangelle, 20-22, rue de la Préfecture.

Tours, Imp. Tourangelle, 20-22, rue de la Préfecture.

RED. :

www.ingramcontent.com/pod-product-compliance
Ingram Content Group UK Ltd.
Pitfield, Milton Keynes, MK11 3LW, UK
UKHW021506260726
13993UKWH00004B/1581